GW01142457

Beast Quest
LE ROYAUME DES OMBRES

LE CHIEN
DES TÉNÈBRES

Cet ouvrage a initialement paru en langue anglaise en 2008
chez Orchard Books sous le titre :
Kaymon, the Gorgon Hound
© Working Partners Limited 2008 pour le texte.
© Steve Sims, 2008 pour la couverture.
© Orchard Books, 2008 pour les illustrations.

© Hachette Livre, 2012 pour la présente édition.

Mise en page et colorisation : Julie Simoens.

Hachette Livre, 58, rue Jean Bleuzen 92178 Vanves Cedex.

Adam Blade

**Adapté de l'anglais
par Blandine Longre**

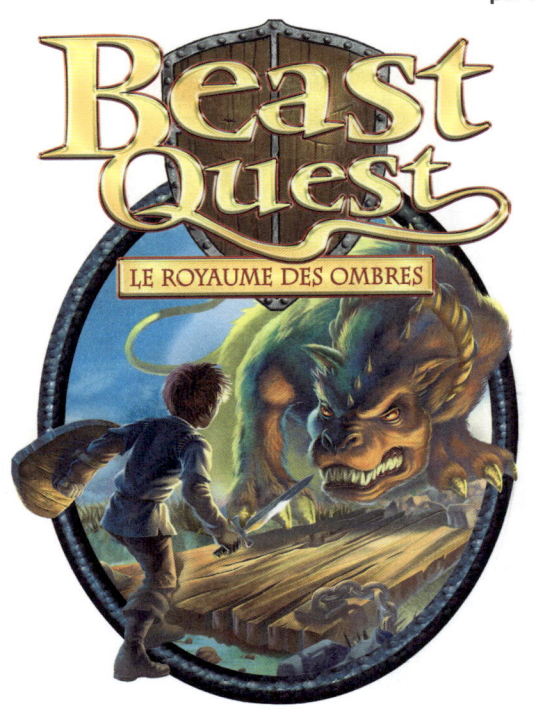

Beast Quest

LE ROYAUME DES OMBRES

LE CHIEN DES TÉNÈBRES

hachette
JEUNESSE

- Le Puits
- Les Portes de la ville
- Le Château de Malvel
- La Ville de l'Ouest
- La Rivière
- La Porte du Lion
- Les Marécages

Gorgonia

Le Campement rebelle de Kaloom

Forêt impénétrable

La Forêt Tropicale

Les Grandes Vallées

L'Océan Noir

Le Château en ruine

TOM

Au royaume d'Avantia, Tom est un héros : il a déjà rempli deux missions que lui avaient confiées le sorcier Aduro et le roi Hugo. Il a même vaincu les Bêtes maléfiques de Malvel. Il ne se décourage jamais face au danger ! Avec l'aide de son amie Elena, il a retrouvé l'armure magique d'Avantia : il possède désormais des pouvoirs pour remporter d'autres combats et sauver le royaume !

ELENA

Elena, une jeune orpheline, est devenue la meilleure amie de Tom. Elle le suit dans toutes ses aventures et l'aide à surmonter de nombreux obstacles. Elle a souvent de bonnes idées, surtout lorsqu'ils sont en danger. Aussi courageuse que Tom, elle se montre vraiment douée au tir à l'arc, ce qui est parfois très utile ! Elle ne se sépare jamais de son fidèle compagnon, Silver, un loup qu'elle adore.

ADURO

Aduro, le bon sorcier à la longue barbe blanche, vit au palais du roi Hugo, à Avantia. Il compte beaucoup sur Tom et Elena pour sauver le royaume, car il sait qu'ils sont très courageux. Gentil, généreux et sage, il se sert de ses pouvoirs magiques pour guider Tom dans ses missions, et il lui donne souvent d'excellents conseils pour affronter son ennemi juré, Malvel.

MALVEL

Malvel est un puissant sorcier qui règne sur le royaume des Ombres, Gorgonia. Il terrifie les habitants de son royaume. Son seul but est de détruire Avantia, en se servant de Bêtes maléfiques qu'il a créées et qui lui obéissent aveuglément. Il se moque souvent de Tom pour essayer de le décourager… et quand le garçon se montre plus fort que lui, il devient fou de rage !

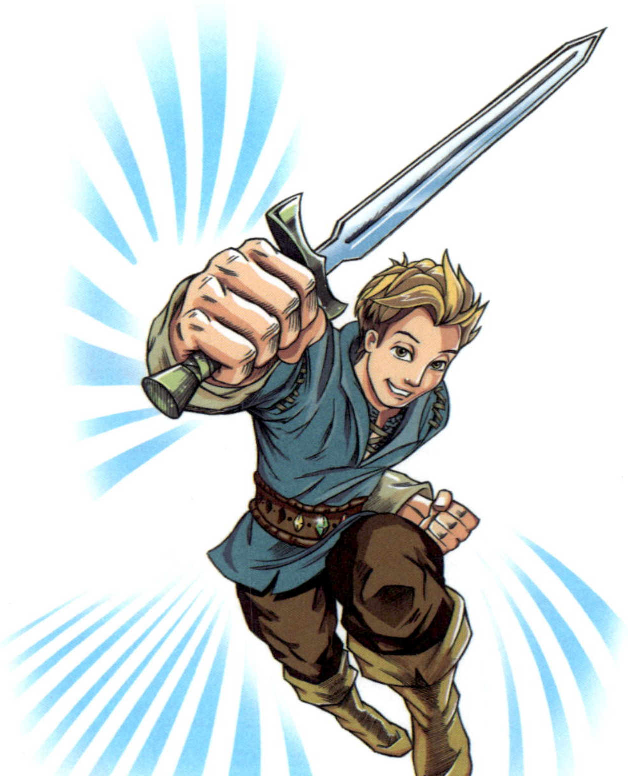

Bonjour. Je suis Kerlo, le gardien des Portes qui séparent Avantia et Gorgonia. Malvel, le sorcier maléfique, règne sur le royaume des Ombres, où le ciel est toujours rouge, et l'eau, noire.

C'est ici que Tom et Elena doivent poursuivre leur quête…

Six Bêtes vivent à Gorgonia : Torgor, l'homme-taureau, Skor, le cheval ailé, Narga, le serpent marin, Kaymon, le chien des Ténèbres, Tusk, le Seigneur des éléphants et Sting, l'homme-scorpion. Elles sont toutes plus terribles les unes que les autres. Tom et Elena ne se doutent pas de ce qui les attend… Même s'ils ont rempli leurs précédentes missions, ça ne signifie pas qu'ils réussiront celle-ci. S'ils ne sont pas assez braves et déterminés, ils échoueront !

Si tu oses suivre une nouvelle fois les aventures de Tom, je te conseille d'être aussi courageux que lui…

Fais très attention à toi…

Kerlo

Tom et Elena ont vaincu trois des six
Bêtes maléfiques de Gorgonia :
le terrifiant Torgor, l'homme-taureau,
Skor, le cheval ailé, et Narga,
le serpent marin. Ils ont aussi réussi
à sauver Sepron, le serpent de mer,
qui a pu ainsi repartir à Avantia. Tom
et Elena aimeraient beaucoup quitter
le royaume des Ombres, eux aussi.

Pourtant, leur mission est loin
d'être terminée, car ils doivent
maintenant combattre une quatrième
Bête créée par le terrible Malvel :
Kaymon, le chien des Ténèbres.
Le monstre menace Nanook !

TOUT COMMENCE...

Quand le rebelle sort du château, il fait nuit. Il est blessé et il court en boitant à travers la campagne. Il a utilisé une vieille lime de métal pour scier ses chaînes, mais l'instrument a glissé et il s'est coupé la cheville. Malgré la douleur, il continue d'avancer, car il veut fuir ce terrible endroit.

L'homme repense à ses amis : ils ont essayé de s'échapper, malheureusement, ils n'ont pas réussi à atteindre le pont-levis.

— J'ai vraiment besoin de me reposer, murmure-t-il.

Il se cache derrière un buisson.

Au bout d'un moment, il réalise que le brouillard s'est levé. Les soldats auront plus de difficulté à le retrouver. Pourtant, le rebelle sait qu'il aura du mal à voir les signaux lumineux que les autres vont lui lancer...

Il se relève et regarde autour de lui. Soudain, il aperçoit deux points de lumière jaune à travers le brouillard : ce sont sûrement les lanternes de ses compagnons !

Il se met à courir dans leur direction en criant le mot de passe :

— La liberté ou la mort !

Personne ne lui répond. L'homme

frissonne et prononce de nouveau le mot de passe.

Les deux lumières avancent vers lui. Tout à coup, il entend un long gémissement, puis un claquement de mâchoires... Le rebelle s'immobilise.

Une énorme créature émerge du brouillard et se précipite vers lui !

L'homme pousse un hurlement de terreur. C'est un immense chien aux crocs acérés et aux yeux jaunes féroces, qu'il a pris pour des lanternes !

Un instant plus tard, la Bête se jette sur lui en grondant, griffes en avant...

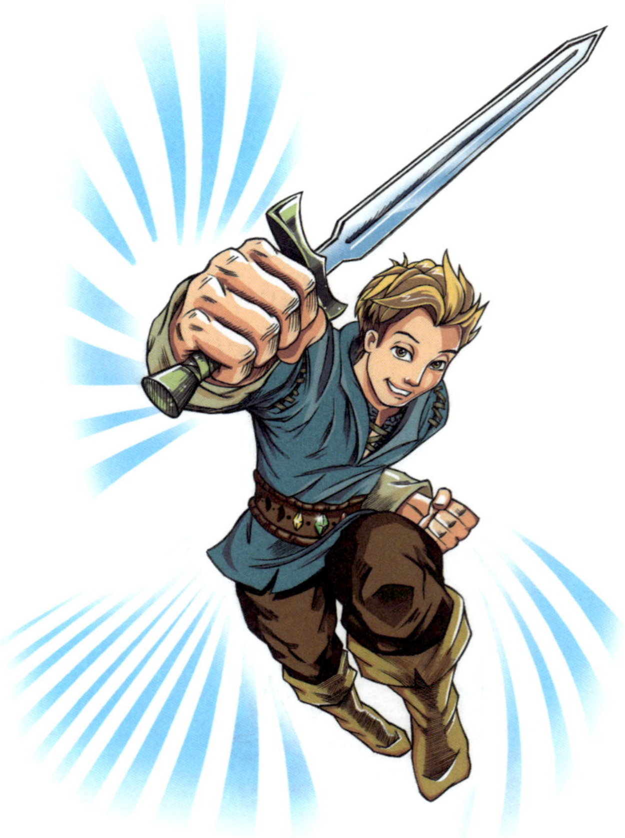

Chapitre un
Les fleurs mortelles

Tom et Elena dirigent leur bateau vers le rivage de l'Océan Noir. Ils sautent à terre, heureux de rejoindre Tempête et Silver. À leur vue, le loup pousse un hurlement de joie et le cheval se dresse sur ses pattes arrière en hennissant.

Le garçon touche la pierre

jaune qu'il a gagnée en combattant Narga, le serpent marin. Cette nouvelle pierre magique lui a permis d'acquérir une excellente mémoire.

— Regarde, Tom ! s'exclame Elena.

Son amie est en train de consulter la carte de Gorgonia que Malvel leur a donnée. Elle lui montre une minuscule image de Nanook, le monstre des neiges. Au même moment, Tom sent son bouclier vibrer : c'est la clochette de Nanook.

— On dirait qu'il est prisonnier quelque part dans le sud du royaume, comprend la jeune fille.

— Oui, c'est Kaymon, la Bête maléfique dont Aduro nous a parlé, qui le retient captif, répond le garçon. Il est temps d'aller l'affronter et de délivrer Nanook !

Il monte en selle et aide Elena à grimper derrière lui sur Tempête.

— Vers le sud ! ordonne Tom.

Le cheval part au galop sous le ciel rouge de Gorgonia.

Silver court près de lui. Bientôt, l'Océan Noir est loin derrière eux et ils arrivent devant des collines escarpées.

— Il fait de plus en plus chaud, remarque Tom en essuyant la sueur qui perle à son front. Ça doit être affreux pour Nanook !

En effet, le monstre des neiges est habitué aux territoires glacés d'Avantia, où son épaisse fourrure le protège du blizzard.

Lorsqu'ils franchissent le sommet de la première

colline, ils découvrent devant eux une immense vallée recouverte de bleuets.

— Comme c'est beau ! s'exclame Elena. Je ne m'attendais pas à trouver de si jolies fleurs dans un endroit pareil ! Mais… je vois une silhouette… Qui est-ce ?

Grâce au pouvoir que lui a transmis le casque de l'armure dorée, Tom peut voir très loin : il scrute le champ de bleuets.

— C'est Nanook ! s'écrie-t-il. La pauvre Bête est enchaînée à un rocher !

— Allons le délivrer !

Elena descend de Tempête et, accompagnée de Silver, se met à dévaler la colline en direction de Nanook.

— Fais attention ! lui lance Tom en la suivant sur son cheval.

Soudain, les grandes fleurs se tournent vers la jeune fille et son loup, afin de les empêcher d'avancer.

— Tom ! À l'aide !

Son ami bondit à terre, dégaine son épée et se met à tailler les hautes tiges pour rejoindre Elena et Silver, qui sont attaqués de tous les côtés. Les fleurs se tortillent comme des serpents ! Leurs pétales, aussi tranchants que des lames, n'arrêtent pas de les piquer.

Arrivé près de ses amis, Tom les presse :

— Vite, suivez-moi !

Ils se mettent à courir à toute allure et parviennent enfin à sortir du champ.

Mais Nanook est toujours au milieu des bleuets. Il les regarde d'un air désespéré.

— Comment est-ce qu'on va faire pour le sortir de là ? demande Elena, soucieuse.

Tout à coup, un hurlement sinistre résonne à travers la vallée.

Les deux compagnons échangent un regard inquiet.

— Qu'est-ce que c'est ? interroge la jeune fille.

— Kaymon ! répond le garçon en serrant le pommeau de son épée.

Chapitre deux
Le pouvoir de Kaymon

– Regarde ! s'écrie Tom en désignant une silhouette au sommet d'une colline, à côté du champ.

Grâce à sa vue perçante, le garçon distingue des yeux jaunes qui brillent d'une lueur maléfique.

— C'est un énorme chien ! annonce-t-il.

Un moment plus tard, Kaymon dévale la colline dans leur direction. Il arrache les fleurs à grands coups de mâchoires pour se frayer un passage.

Tempête s'ébroue, effrayé. Silver gronde, le poil hérissé.

Kaymon est aussi large qu'un taureau et son épaisse fourrure est couverte de boue. Tom s'aperçoit que la créature porte un collier en or autour du cou, dans lequel une grosse pierre blanche est incrustée. Le garçon tire son épée.

— Reculez ! ordonne-t-il à ses compagnons.

Mais Silver se jette sur Kaymon.

— Silver, non !

Le loup l'ignore et enfonce ses crocs dans la gorge de la Bête : elle pousse un hurlement et secoue la tête pour se débarrasser de son attaquant, qui tient bon.

Kaymon laisse alors échapper un rugissement terrifiant, et son corps tout entier se met à gonfler, avant de changer de forme… Le loup est obligé de le lâcher.

— La Bête se transforme ! crie Tom, horrifié.

Il n'en revient pas : au lieu d'un chien, il y en a maintenant trois ! Les trois Bêtes se tournent vers Silver.

— Il n'a aucune chance de s'en sortir ! s'exclame sa jeune maîtresse.

Les créatures se précipitent sur le loup, qui se

défend du mieux possible.

— Tiens Tempête par la bride, ordonne Tom à son amie. Je vais aider Silver !

L'épée brandie, il s'élance vers les Bêtes. L'une d'elles se tourne vers le garçon et bondit sur lui. Tom lève son bouclier pour éviter d'être blessé par les griffes acérées. Le poids du chien le fait cependant basculer vers l'arrière, mais il réussit à garder l'équilibre. En se servant de la force que le plastron doré lui a donnée, il parvient à repousser la Bête.

Puis, d'un coup d'épée, il transperce la fourrure du chien des Ténèbres. La créature pousse un cri de douleur et s'enfuit.

Une deuxième Bête se dirige vers Elena et Tempête. Rapide comme l'éclair, la jeune fille s'empare de son arc et décoche plusieurs flèches à la suite. Elles s'enfoncent dans la patte du chien, qui s'effondre en hurlant.

— Bravo ! la félicite Tom en courant vers elle. On a déjà vaincu deux de ces monstres !

Le troisième se dresse au-dessus de Silver. Le loup est étendu sur le sol, immobile.

— Non ! s'écrie le garçon en levant de nouveau son épée.

Il regarde la créature dans les yeux, puis il dirige sa lame vers son cœur. Mais, au même moment, celle-ci s'enfuit en courant.

— Reviens te battre ! s'exclame Tom, prêt à la poursuivre.

Soudain, il entend Silver qui gémit. Elena est agenouillée près de son loup.

Tempête pousse un hennissement d'inquiétude. Silver est grièvement blessé.

— Je ne peux pas abandonner mes amis ici, murmure Tom. Mais je te retrouverai, Kaymon, je t'en fais la promesse !

Chapitre trois
La chaîne de Nanook

— Est-ce que tu peux sauver Silver, Tom ? demande Elena, en pleurs, tout en caressant tendrement le loup.

— Je suis sûr que le cadeau d'Epos et l'émeraude seront assez puissants pour le guérir, répond son ami.

Il s'agenouille près de l'animal, prend la griffe de l'oiseau-flamme incrustée dans son bouclier ainsi que la pierre précieuse accrochée à sa ceinture, et les place sur les blessures du loup.

Soudain, Tom sent une décharge magique parcourir ses doigts, et des lumières rouges et vertes s'unissent pour soigner l'animal.

— Les plaies se referment ! s'écrie-t-il.

Elena n'en croit pas ses yeux.

— Tom, c'est merveilleux ! s'exclame-t-elle en séchant ses larmes.

Au bout de quelques minutes, la fourrure grise de Silver a recouvert ses blessures. Malgré tout, le pauvre animal est encore très faible.

Le garçon se relève et contemple le champ de fleurs, où Nanook est toujours prisonnier. La nuit va bientôt tomber, et maintenant que Silver va mieux, il doit s'occuper du monstre des neiges. Il n'y a plus un instant à perdre !

Tom prend son élan et bondit dans les airs grâce au pouvoir des bottes dorées. Il s'élance pour atterrir le plus près possible de Nanook avant de retomber au milieu des fleurs mortelles. Il les repousse de son bouclier et de son épée pour s'approcher de la Bête.

Celle-ci pousse un rugissement de joie et se précipite pour rejoindre Tom, mais la chaîne la retient attachée au rocher. Le visage de Nanook se tord de douleur et de colère.

— Je vais te libérer ! lui promet le garçon.

Le monstre des neiges grogne tandis que Tom examine la lourde chaîne. Chaque maillon est aussi épais que son poignet.

— Je vais la couper avec mon épée, déclare-t-il.

Il prend une profonde inspiration, brandit son arme et, de toutes ses forces, la fait retomber sur le métal. *Clang !* Ses bras vibrent sous l'impact, mais la chaîne est intacte.

Au loin, il entend Elena

qui crie pour l'encourager :
— Allez, Tom ! Tu vas y arriver !

Son ami lève de nouveau son épée. Cette fois, la lame résonne plus fort sur le métal : la chaîne se brise !

Nanook se redresse et pousse un cri de triomphe.

Maintenant, il faut qu'ils retournent auprès d'Elena, Silver et Tempête. Tom pourrait sauter encore une fois au-dessus des fleurs. Pourtant, il ne veut pas abandonner la Bête ici…

Sans prévenir, Nanook

soulève le garçon, le place sur ses épaules et se met à traverser le champ en courant.

— Merci ! lui dit Tom en riant.

Les fleurs essaient bien de les attaquer, mais la fourrure de la Bête est trop épaisse.

Bientôt, ils se retrouvent près d'Elena. Nanook est libre ! Tom sait pourtant que leur mission n'est pas terminée.

— Kaymon est toujours dans les parages, annonce-t-il. On doit le vaincre. Sinon, Nanook ne pourra pas rentrer à Avantia.

— Oui, répond Elena. Et tu as aussi besoin de la pierre blanche qui se trouve autour de son cou.

Chapitre quatre
Sur les traces de Kaymon

La nuit est tombée sur Gorgonia. Aucune étoile ne brille dans le ciel rouge.

— On va trouver un moyen pour que tu rentres à Avantia, dit Tom à Nanook, en espérant que le monstre des neiges peut le comprendre. Est-ce que tu peux rester ici avec Tempête et Silver pour les protéger ?

Le garçon se concentre sur le rubis accroché à sa ceinture, qui lui permet de communiquer par la pensée avec les Bêtes.

Nanook fronce les sourcils, puis pousse un grognement et hoche la tête.

— Pourquoi est-ce qu'on doit laisser Tempête ici ? intervient Elena. Il nous serait utile pour poursuivre Kaymon, non ?

— Ne t'inquiète pas, répond son ami en souriant. J'ai mon bouclier magique, ajouté aux pouvoirs que j'ai gagnés avec l'armure dorée. Et ensemble, on arrivera à combattre cette Bête maléfique !

— Parfait, dit la jeune fille. Mais avant de se mettre en route, dormons un peu.

À l'aube, les deux amis sont prêts à partir. Mais Elena veut d'abord dire au revoir à Silver. Le loup, qui est encore très faible, lèche gentiment la main de sa jeune maîtresse.

— Tu es sûre que tu ne

veux pas rester près de lui ? demande Tom à son amie. Je peux y aller tout seul, si tu préfères.

— Pas question ! répond-elle avec détermination. Kaymon a fait du mal à Silver. Je pars avec toi !

Les deux compagnons se mettent alors en route.

— On va contourner le champ de fleurs et chercher la piste de la Bête de l'autre côté de la vallée, déclare Tom.

Bientôt, ils découvrent trois différentes empreintes de pattes qui mènent toutes vers le sommet d'une colline. Quelques plantes couvertes d'épines poussent entre les rochers.

Un peu plus loin, les pistes se réunissent.

— Les trois chiens se sont rejoints ici, devine le garçon. Je pense que Kaymon se divise seulement quand il est en danger.

Ils gravissent une autre colline. Devant eux se dresse un château sinistre, au milieu d'une plaine. Il est entouré de douves remplies d'eau vaseuse verte.

Elena déroule la carte de Gorgonia.

— Je ne vois pas de forteresse sur ce parchemin, dit-elle en frissonnant. C'est bizarre…

Tom scrute les remparts du château. Il aperçoit quelque chose qui bouge.

— C'est Kaymon ! s'écrie-t-il brusquement.

Le chien des Ténèbres marche le long des remparts en agitant la queue. Puis il s'immobilise, fixe Tom et Elena de ses yeux jaunes et pousse un hurlement qui résonne dans la plaine.

— Il nous a repérés ! panique la jeune fille.

— Dans ce cas, ne le faisons pas attendre ! répond Tom en dégainant son épée.

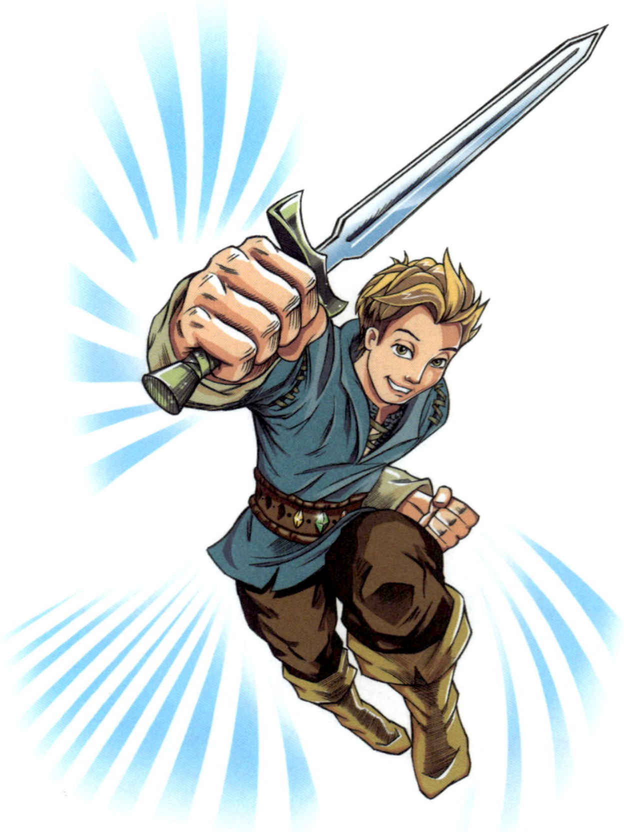

Chapitre cinq

Le château maléfique

Tom et Elena courent en direction du château, tout en zigzaguant à travers les hautes herbes : ils espèrent que Kaymon va les perdre de vue. À mi-chemin de la forteresse, ils s'arrêtent pour reprendre leur souffle.

— Le pont-levis est baissé, constate Tom, qui peut voir plus loin que son amie. Et les portes sont ouvertes. En revanche, aucun signe de vie ni lumière. Cet endroit est peut-être abandonné…

— On n'en sait rien, répond Elena, il vaut mieux être prudents.

— En tout cas, il faut qu'on entre.

— Tu vois Kaymon ?

— Non, pas d'ici. Continuons !

Ils se remettent à courir vers le pont-levis. Quand ils

le franchissent, les planches en bois gémissent et quelques-unes commencent à s'effondrer derrière eux !

— Attention ! prévient Elena.

Ils avancent alors plus lentement et réussissent à franchir l'obstacle. Ils se retrouvent enfin dans la cour du château, plongée dans le silence.

— Où sont passés les habitants ? demande Elena, inquiète.

— Kaymon les a peut-être chassés !

— Où est-il ?

— J'aimerais bien le savoir…, répond Tom en tenant son épée devant lui. Reste derrière moi, d'accord ? Mais garde une flèche encochée à ton arc et prépare-toi à tirer si jamais la Bête approche.

Ils entrent dans une pièce qui donne sur la cour et s'enfoncent dans le château.

— Tu crois que Kaymon est parti ? murmure la jeune fille.

— Non, souffle Tom. Je suis sûr qu'il est encore ici.

Soudain, Elena entend un léger bruit à l'étage inférieur.

— On dirait des voix…, dit-elle, les yeux écarquillés.

— Il y a quelqu'un ? lance Tom d'une voix forte.

Ils tendent l'oreille tout

en retenant leur souffle.

— Oui, ce sont bien des voix… ou plutôt des gémissements, constate le garçon.

Au même instant, un hurlement résonne dans tout le château. Tom se précipite dans la cour, lève les yeux et découvre Kaymon : le chien des Ténèbres marche de long en large sur les remparts.

Tout à coup, Tom distingue un mouvement dans l'ombre. Un homme de haute taille apparaît devant lui. C'est Kerlo, le gardien des Portes d'Avantia et de Gorgonia !

Il s'appuie sur son bâton et fixe le garçon du regard.

— J'ai l'impression que certaines personnes ont besoin de votre aide ! annonce-t-il.

Elena rejoint Tom, regarde Kerlo, puis se tourne de nouveau vers son ami.

— Les voix qu'on a entendues nous appellent ! Ces gens ont l'air désespérés.

Tom décide de suivre son amie. Ils s'occuperont de la Bête plus tard. Pour l'instant, ils doivent sauver les prisonniers enfermés au cœur du château.

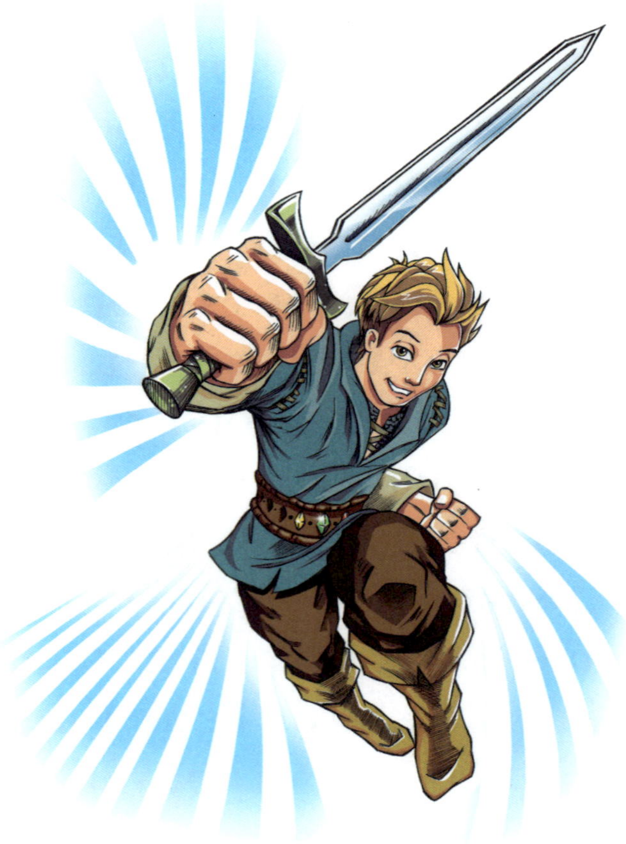

Chapitre six

Les cachots

Tom et Elena traversent plusieurs pièces, en cherchant comment descendre dans les sous-sols du château.

Après avoir poussé une porte grinçante, ils arrivent dans un long couloir humide, éclairé par des torches.

— Qu'est-ce que Kerlo faisait ici ? demande la jeune fille. J'ai parfois l'impression qu'il n'est pas de notre côté...

— Je comprends ta méfiance, répond Tom, mais je suis certain qu'il n'est pas notre ennemi.

Ils passent devant plusieurs salles désertes. Bientôt, un escalier en colimaçon les mène dans les profondeurs de la forteresse.

— Cet endroit est immense ! se décourage Elena. Comment est-ce qu'on va retrouver ces prisonniers ?

— Arrêtons-nous pour écouter, propose Tom.

Ils s'immobilisent et tendent l'oreille.

Soudain, une voix s'élève :

— Au secours ! Je vous en prie, aidez-nous !

Tom aperçoit un vieux rideau en lambeaux accroché à la paroi de pierre. Il s'en approche et le soulève : derrière, il découvre un autre escalier.

— Il faut passer par là ! s'exclame Elena.

Tom récupère une torche

et les deux compagnons descendent lentement les marches qui mènent aux cachots. Ils ne peuvent s'empêcher de frissonner : les murs sont couverts de moisissure et, sur leur passage, de grandes toiles d'araignée s'accrochent à leurs vêtements.

— Quel endroit affreux ! chuchote Elena, terrifiée.

Les voix semblent plus proches.

— On est ici ! À l'aide !

Au détour d'un couloir, Tom aperçoit enfin les prisonniers : une douzaine d'hommes, blottis dans une geôle très sale. Leurs pieds et leurs poignets sont enchaînés, et leurs habits sont déchirés.

Tom et Elena s'élancent vers eux et leur tendent leurs gourdes remplies d'eau.

— Qui êtes-vous ? les interroge le garçon.

Un homme, le plus grand et le plus costaud du groupe, se lève et répond :

— Les rebelles de Gorgonia. Est-ce que vous avez traversé

la vallée ? Avez-vous rencontré nos compagnons ?

— Non, dit Tom en secouant la tête. On n'a croisé personne.

— Vous pouvez nous libérer ? le supplie l'homme.

Tom examine les menottes du prisonnier : elles sont vieilles et rouillées.

— Je vais essayer. Ne bougez surtout pas.

Il dégaine son épée, enfonce la pointe de sa lame dans la serrure et la tourne : les menottes s'ouvrent !

— Merci ! s'écrie le rebelle.

Tu peux aussi aider mes amis ?

Tom acquiesce.

En quelques minutes, tous les prisonniers sont libérés de leurs chaînes. Ils se relèvent en souriant de soulagement et se frottent les poignets et les chevilles.

— Qui êtes-vous ? demande le plus grand.

— On vient d'un autre royaume, explique le garçon, qui ne veut pas trop en dire.

— Les rebelles vous remercient ! s'exclame l'homme. Mais ne racontez à personne que vous nous avez aidés : il ne faut pas que Malvel l'apprenne !

— Ne vous inquiétez pas, promet Tom.

Les rebelles sortent du cachot et s'éloignent très vite.

Soudain, le gardien des

Portes surgit de l'ombre.

— Est-ce que tu as bien fait de les laisser partir ? demande-t-il à Tom.

Le garçon est troublé.

— Ils mouraient de faim, répond Elena. On ne pouvait pas les abandonner ici !

Les yeux perçants de Kerlo se tournent vers elle.

— Vous savez de quoi ces hommes sont capables ?

— Ils combattent Malvel ! proteste Tom. Ils sont de notre côté…

Mais le gardien des Portes s'éloigne en direction de

l'escalier, sans un mot.

Tom est sur le point de le suivre, quand sa torche éclaire une crevasse près des marches. Il approche la flamme et repère un bout de tissu.

— Qu'est-ce que c'est ? demande Elena en se penchant vers son ami.

— Une mèche de cheveux et un ruban de soie rouge.

La jeune fille étouffe un cri. Elle prend la mèche et la place près de la tête de Tom.

— Elle est exactement de la même couleur que tes

cheveux ! chuchote-t-elle.

— Il y a quelques mots brodés sur le ruban de soie, ajoute son ami.

— « Le premier jour de l'été », lit Elena.

— Mais... c'est la date de mon anniversaire ! s'exclame Tom.

— Tu crois que ton père a pu laisser ça ici ?

Le garçon n'en revient pas... Son père, Taladon l'Agile, est peut-être venu dans cet endroit !

— Viens ! répond-il en serrant la mèche entre ses

doigts. Il est temps d'aller combattre la Bête maléfique ! Si mon père était là, c'est ce qu'il me conseillerait !

Chapitre sept

La défaite !

Un profond rugissement résonne dans l'escalier.

— Kaymon ! s'écrie Elena. On dirait qu'il est tout près...

— Il a dû descendre des remparts, déclare Tom en rangeant la mèche de cheveux et le ruban dans sa tunique.

Les deux compagnons remontent les marches à toute vitesse. Avant d'arriver dans la cour, le garçon sort sa boussole magique de sa poche et la consulte. L'aiguille oscille un moment, puis pointe sur « Destinée ».

Il tire aussitôt son épée, lève son bouclier et avance lentement. Elena est à côté de lui, une flèche déjà encochée à son arc.

— Kaymon nous attend ! murmure la jeune fille. Regarde, il est au milieu de la cour !

— Tu vas me couvrir, annonce Tom à son amie.

Il s'approche d'un pas prudent, les yeux fixés sur la Bête.

Kaymon s'immobilise et gronde d'un air menaçant.

Tom se précipite vers la créature. Celle-ci prend son élan et bondit au-dessus de la tête du garçon ! Celui-ci essaie de l'atteindre avec sa lame, mais le chien des Ténèbres est trop haut.

Tom se retourne vivement, prêt à frapper de nouveau, pendant que la Bête atterrit sur les marches qui mènent aux remparts. Puis elle saute encore. Et au lieu d'une seule Bête, ce sont trois chiens qui retombent près de Tom !

Le garçon est cerné…

Soudain, l'un des chiens se jette sur lui.

Tom se sert alors du pouvoir des chausses pour s'élever au-dessus de la Bête. Il exécute une pirouette. Les trois créatures se précipitent vers lui, mais avant qu'elles puissent le mordre, le garçon bondit et effectue un saut périlleux dans les airs.

Ses pieds s'écrasent violemment sur le museau d'un des chiens qui pousse un hurlement de rage.

Tom veut sauter encore une fois… Trop tard : une des créatures lui donne un coup de patte sur le bras et le garçon lâche son épée. D'un autre coup de patte, la Bête envoie l'arme glisser sur les pavés, hors de portée.

Sans se soucier de la douleur qui envahit son bras, Tom serre très fort son bouclier.

Les trois créatures maléfiques avancent lentement, prêtes à attaquer. Va-t-il survivre à ce combat ?

Chapitre huit
Le piège de Tom

Les trois chiens s'élancent en même temps sur Tom. Il saute alors dans les airs et les Bêtes se cognent les unes contre les autres en poussant des cris de douleur.

Le garçon en profite pour tomber de tout son poids sur la tête d'une des Bêtes : il s'en sert de trampoline et rebondit. Cette fois, il atterrit sur les pavés de la cour et se dépêche d'aller ramasser son épée. Puis il s'accroupit contre le mur et se prépare à se défendre.

La fourrure hérissée, les créatures s'approchent de lui. Leurs yeux jaunes sont remplis de haine.

« Est-ce que je vais pouvoir les combattre, seul contre trois ? », se demande Tom.

À ce moment-là, Elena tire une flèche, mais elle manque sa cible. L'une des

Bêtes se retourne et foudroie la jeune fille du regard. Tom doit empêcher les chiens de s'en prendre à son amie ! « Je vais les piéger », pense-t-il. Il se faufile le long du mur, se précipite dans une pièce et claque la porte derrière lui.

Une seconde plus tard, il entend les Bêtes qui se jettent sur la porte. Rapidement, elles réussissent à l'enfoncer et se battent pour essayer d'entrer en même temps par l'étroit passage. Le plan de Tom fonctionne !

— Décoche tes flèches ! hurle-t-il à Elena. Il ne faut pas que les chiens ressortent !

— C'est trop dangereux ! s'écrie-t-elle.

— Non ! répond son ami. L'intérieur du château est trop étroit pour eux. Kaymon sera obligé de reprendre sa forme habituelle et je pourrai le combattre plus facilement.

À l'extérieur de la pièce, Elena tire plusieurs flèches sur les Bêtes, ce qui les empêche de sortir de la salle. Tom se met alors à courir dans un long couloir, et les chiens le suivent difficilement, en continuant de se battre.

— Venez si vous l'osez ! les appelle le garçon.

Les trois monstres poussent des hurlements de frustration et, soudain, il n'y a plus trois mais une seule Bête : le plan de Tom a fonctionné !

À bout de souffle, Kaymon se rue derrière Tom, qui descend l'escalier menant aux cachots. Le cœur battant, il se glisse dans l'ombre, en bas des marches. Le chien des

Ténèbres passe devant lui sans le voir, et Tom remonte l'escalier à toute vitesse.

En se retournant, Kaymon trébuche : il a l'air épuisé et il a du mal à se déplacer dans ces couloirs étroits. Pourtant, il reprend la poursuite.

Tom est de retour dans la pièce qui donne sur la cour : Elena est là, elle aussi.

— Cache-toi ! murmure-t-il à son amie. Attends que la Bête te dépasse pour tirer dans son dos. Je crois qu'elle perd ses forces…

— Bonne chance, Tom !

chuchote la jeune fille.

Il s'enfuit vers les remparts. En arrivant au sommet, il aperçoit Kaymon, en bas des marches. Le chien a la langue pendante.

— Viens te battre ! crie Tom pour l'obliger à se fatiguer encore plus.

La Bête pousse un rugissement qui fait trembler les remparts et se précipite dans l'escalier. Tom court aussi vite que possible.

Pendant ce temps, dans la cour, Elena continue de décocher ses flèches sur Kaymon.

Bientôt, le garçon se retrouve juste au-dessus de l'entrée du château. Il saute vers le pont-levis : il sait que la plume d'aigle incrustée dans son bouclier amortira sa chute. Il atterrit en douceur sur les planches de bois, qui gémissent sous son poids, et se place à l'autre extrémité du pont.

Kaymon est maintenant au-dessus de lui.

— Viens me rejoindre ! le provoque Tom.

Avec un hurlement féroce, la Bête bondit en direction

du pont-levis. Elle retombe lourdement sur les planches : le pont s'effondre dans un craquement et l'énorme chien tombe dans les douves remplies de vase.

Tandis qu'Elena vient le rejoindre, Tom regarde Kaymon s'enfoncer lentement : peu à peu, un tourbillon se forme à la surface de l'eau.

— Regarde ! s'exclame la jeune fille en montrant le centre du tourbillon. On voit le ciel bleu et les montagnes d'Avantia ! Nanook va pouvoir rentrer !

Mais la peur s'empare de Tom. Ce portail ne restera ouvert que quelques secondes... Où est Nanook ?

Chapitre neuf
Un nouveau compagnon

Tout à coup, Tom et Elena entendent un lourd bruit de pas derrière eux.

— Nanook ! s'écrient les deux amis d'un ton joyeux.

La Bête à la fourrure ébouriffée s'approche d'eux en courant. Elle porte Silver dans ses bras. Tempête galope à côté.

Nanook s'arrête devant Elena et s'accroupit pour que la jeune fille puisse examiner le loup. Il est encore faible, mais il va beaucoup mieux.

— Ses blessures sont complètement guéries ! déclare Elena, rassurée.

Nanook se tourne vers Tom, le regarde gentiment et pousse un grognement.

— Il veut ramener Silver à Avantia pour qu'il se repose, explique Tom, qui a pu lire dans les pensées du monstre des neiges grâce au rubis.

— C'est une bonne idée, approuve Elena en passant les bras autour du cou de son loup. Je te reverrai très vite, Silver ! ajoute-t-elle en enfouissant son visage dans la fourrure grise.

Dans les douves, le tourbillon commence déjà à se réduire.

— Vite, il ne reste plus beaucoup de temps ! s'exclame Tom. Nanook, saute !

Le loup dans les bras, le monstre des neiges plonge dans l'eau, qui bouillonne durant un court moment. Puis le tourbillon disparaît.

— J'espère qu'ils rentreront sains et saufs ! soupire Elena.

—J'en suis certain, la rassure son ami.

Tempête passe la tête entre

eux et frotte son nez contre le visage de la jeune fille pour la réconforter.

— Merci d'avoir guidé Nanook jusqu'ici ! dit Tom à son cheval.

Tout à coup, un objet brillant apparaît à la surface de l'eau et attire son attention.

— Qu'est-ce que ça peut bien être ? s'étonne le garçon.

— C'est la pierre précieuse qui se trouvait dans le collier de Kaymon ! comprend Elena.

En s'aidant de son épée,

Tom arrive à ramener la pierre blanche vers la rive. Ensuite, il la place dans une des encoches de cuir de sa ceinture.

— Je me demande quel pouvoir possède cette troisième pierre... Pour l'instant, je ne sens rien du tout.

Soudain, un éclair de lumière blanche jaillit du bijou.

— Qu'est-ce qui s'est passé ? murmure Tom en se frottant les yeux.

Bouche bée, Elena scrute quelque chose derrière lui. Il se retourne et remarque son ombre sur le sol.

— Regarde ! s'écrie son amie. Ton ombre… elle se déplace toute seule !

L'ombre se redresse devant lui et pose les mains sur les hanches.

— Euh… bonjour, marmonne Tom.

L'ombre fait un bond en arrière, comme si la voix du garçon l'avait surprise. Puis elle se penche en avant, les mains sur les genoux.

— On dirait qu'elle est en train de rire, fait observer Elena.

Brusquement, l'ombre se relève et part en courant dans la plaine.

— Grâce à Kaymon, je crois qu'on a un nouveau compagnon pour nous aider dans notre quête ! dit Tom avec un grand sourire.

Fin

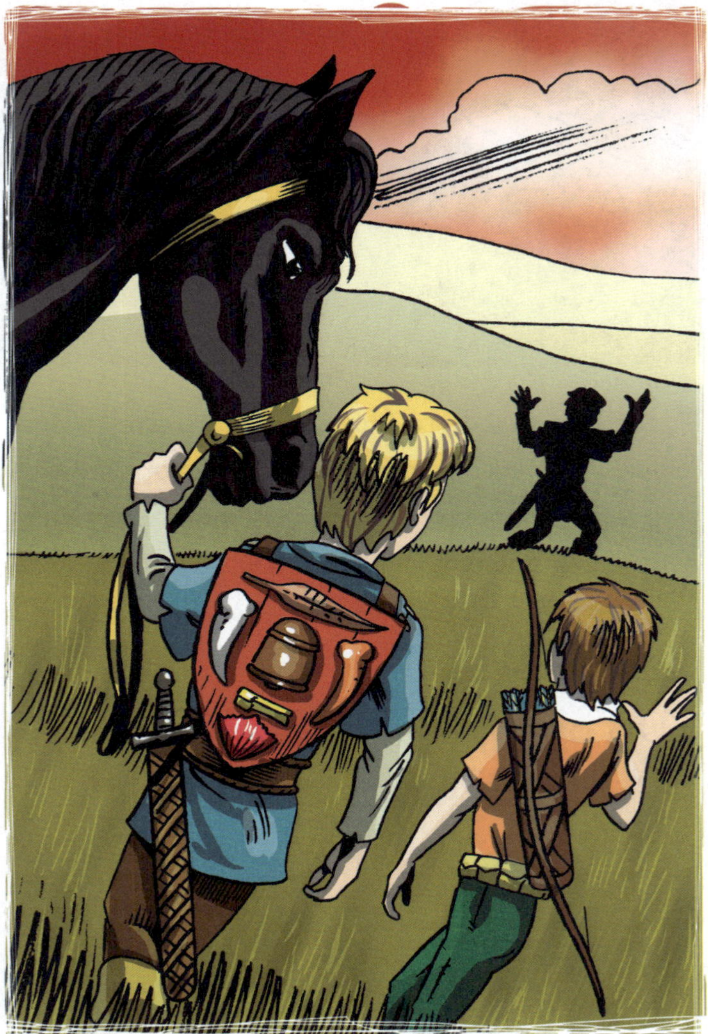

Tom et Elena ont déjà combattu quatre des six Bêtes maléfiques qui règnent sur Gorgonia. Le garçon possède à présent de nombreux pouvoirs, ainsi que quatre pierres magiques et un nouveau compagnon. Mais les amis ne sont pas encore au bout de leurs peines... Réussiront-ils à vaincre la prochaine Bête créée par Malvel ?

Découvre la suite des aventures de Tom dans le tome 19 de **Beast Quest** :

LE SEIGNEUR DES ÉLÉPHANTS

Plonge-toi dans les aventures de Tom à Avantia !

- LE DRAGON DE FEU
- LE SERPENT DE MER 
- LE GÉANT DES MONTAGNES 
- L'HOMME-CHEVAL 
- LE MONSTRE DES NEIGES 
- L'OISEAU-FLAMME 
- LES DRAGONS JUMEAUX 
- LES DRAGONS ENNEMIS 
- LE MONSTRE MARIN 
- LE SINGE GÉANT 
- L'ENSORCELEUSE 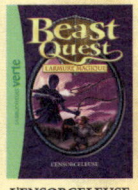
- L'HOMME-SERPENT 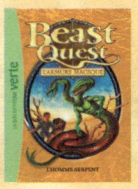
- LE MAÎTRE DES ARAIGNÉES 
- LE LION À TROIS TÊTES 
- L'HOMME-TAUREAU 
- LE CHEVAL AILÉ 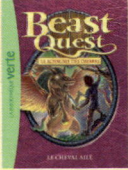
- LE SERPENT MARIN 
- LE CHAUDRON MAGIQUE

Le royaume d'Avantia est en danger !

Suis les aventures de Yann et des Bêtes aux pouvoirs extraordinaires dans :

Les légendes d'Avantia

JUIN — AOÛT — OCTOBRE — DÉCEMBRE

Retrouve tes héros préférés sur

www.bibliotheque-verte.com

Table

1. Les fleurs mortelles 15
2. Le pouvoir de Kaymon 23
3. La chaîne de Nanook 31
4. Sur les traces de Kaymon .. 39
5. Le château maléfique 47
6. Les cachots 55
7. La défaite ! 67
8. Le piège de Tom 73
9. Un nouveau compagnon ... 83

PAPIER À BASE DE FIBRES CERTIFIÉES

hachette s'engage pour l'environnement en réduisant l'empreinte carbone de ses livres. Celle de cet exemplaire est de : **350 g éq. CO$_2$**
Rendez-vous sur www.hachette-durable.fr

Imprimé en Espagne par CAYFOSA
Dépôt légal : février 2012
Achevé d'imprimer : octobre 2016
20.2638.3/05 – ISBN : 978-2-01-202638-4
*Loi n° 49956 du 16 juillet 1949
sur les publications destinées à la jeunesse*